Cher Arthur

Bravo pour cette belle
année de CP !

Delphine

Maquette : Karine Benoit

ISBN : 978-2-07-510562-0
© Gallimard Jeunesse, 2018
N° d'édition : 335337
Loi n° 49-956 du 16 juillet 1949 sur les publications destinées à la jeunesse
Dépôt légal : septembre 2018
Imprimé en France par Estimprim

PEFC

10-31-1093

Certifié PEFC
pefc-france.org

Le voisin du troisième étage

Christian Oster • Thomas Baas

GALLIMARD JEUNESSE

Il était une fois trois petits cochons qui vivaient en ville, dans un appartement qu'ils louaient ensemble au premier étage d'un immeuble.

Ces trois petits cochons s'appelaient Marc, Paul et Jean-Christian.

Ils avaient chacun leur chambre.

Et chacun l'avait aménagée à sa façon.

Marc y avait fait son lit avec un peu de paille.

Paul y avait fait son placard avec un peu de bois.

Et Jean-Christian y avait fait sa bibliothèque avec un peu de briques.

Chacun des trois avait choisi sa façon de fermer sa porte.

En fait, Marc ne la fermait pas. Toute la journée, il jouait à des jeux vidéo.

Paul la fermait, mais il n'avait pas mis de verrou. Toute la journée, il jouait du tambour.

C'est d'ailleurs la seule raison pour laquelle il fermait sa porte. Pour ne pas déranger ses amis.

Quant à Jean-Christian, il avait mis un verrou à sa porte. Un gros verrou en acier. Toute la journée, il lisait des livres.

C'était lui le plus sérieux.

Une poule habitait au-dessus de chez eux, au deuxième étage. C'était une poule célibataire, qui passait son temps à tricoter.

Au rez-de-chaussée habitait la concierge. C'était une dinde. Chaque matin, elle balayait les escaliers avec ses plumes.

Le troisième étage était vide.

Or, un jour, un nouveau locataire se présenta.

C'était un chien. Un teckel. La concierge l'accueillit poliment, et le chien répondit poliment. Il portait une petite valise et semblait avoir de grandes dents.

– Vous avez de bien grandes dents, pour un teckel, lui fit observer la concierge.

– C'est pour mieux mâcher, lui répondit le chien.

– Et de bien grandes pattes, pour un teckel, lui fit remarquer la concierge.

– C'est parce que je suis un grand teckel, rétorqua le chien. Je suis d'une espèce un peu rare.

– Et aussi de bien grandes oreilles, continua la concierge.

– Ça, fit le chien, c'est normal pour un teckel.

Et il monta s'installer au troisième étage.

C'était un locataire très calme. Il n'écoutait pas de musique, ne mettait pas la télévision, ne recevait aucun ami. On ne le voyait presque jamais, sauf le jour où il allait faire ses courses. Il partait avec un grand panier et revenait avec son panier rempli, mais on ne savait pas de quoi.

Il était toujours très poli et disait bonjour quand on le croisait dans l'escalier.

Les trois petits cochons, eux, ne l'avaient jamais croisé.

Un jour, on sonna à leur porte.

– Tu attends quelqu'un ? demanda
Jean-Christian à Marc.

– Non, répondit Marc.

– Et toi, Paul ?

– Non, répondit Paul.

– Je n'attends personne non plus,
déclara Jean-Christian.

Mais c'est lui qui alla ouvrir. C'était le
facteur.

Il remit à Jean-Christian une carte postale.

Elle était adressée aux trois petits cochons et était signée d'un nom qu'ils ne connaissaient pas.

Baptiste.

«Avec mon bon souvenir d'Espagne, écrivait Baptiste. Amitiés ensoleillées. »

– L'un de vous connaît ce Baptiste ? demanda Jean-Christian à ses deux amis.

– J'ai bien connu un écureuil qui portait ce nom, signala Paul, mais je crois me souvenir qu'il est mort l'année dernière.

– Et toi, Marc ?

– Mon grand-père s'appelait Baptiste, mais il est mort aussi, il y a bien plus longtemps.

– Et moi je ne connais ni n'ai jamais connu aucun Baptiste, affirma Jean-Christian.

Et il rangea la carte postale dans son bureau, car il ne jetait jamais les cartes postales.

Le lendemain, les trois petits cochons allèrent faire des courses au marché. Quand ils rentrèrent, Marc voulut prendre l'ascenseur.

– Pour monter au premier, lui dit Jean-Christian, qui était le plus raisonnable, ce n'est vraiment pas la peine.

– Oh, c'est énervant ! râla Marc. On ne prend jamais l'ascenseur sous prétexte qu'on n'habite qu'au premier !

– Bon, si ça t'amuse, lui concéda Jean-Christian.

Marc appuya sur le bouton pour appeler l'ascenseur. Pendant que ses deux amis empruntaient l'escalier, il entra dans la cabine.

Il n'y avait personne à l'intérieur. Marc, qui ne voulait pas rentrer tout de suite chez lui, au premier étage, pressa le bouton du sixième.

«Un bon petit voyage en ascenseur, pensa-t-il, voilà ce qu'il me faut! Ça me consolera de ne pas être parti en Espagne, comme ce Baptiste!»

Et l'ascenseur s'éleva dans les étages. Pendant ce temps, Marc, même s'il prenait goût à son voyage en ascenseur, jouait à son jeu vidéo, qu'il emportait toujours avec lui. Il ne s'aperçut même pas que l'ascenseur s'arrêtait au troisième.

La porte s'ouvrit. Le teckel se tenait sur le palier.

Quand Jean-Christian, au bout d'une bonne heure, constata que Marc n'était pas rentré, il s'inquiéta.

– Je vais aller voir, proposa Paul.

Et il prit son tambour avec lui.

– Sois prudent! lui conseilla Jean-Christian. Et je préfère que tu ne prennes pas l'ascenseur.

– Pas de problème! promit Paul. Je prendrai l'escalier.

Mais Paul avait lui aussi très envie de voyager en ascenseur. «D'ailleurs, pensa-t-il, Marc a pris l'ascenseur, et il vaut mieux que je refasse son itinéraire. C'est comme ça que font les policiers pour retrouver des pistes.»

Il appela l'ascenseur et entra dedans avec son tambour. La cabine était vide. Paul appuya sur le bouton du sixième étage et, bien qu'il s'intéressât tout à fait à son enquête, il se mit à jouer du tambour. Il ne s'aperçut même pas que l'ascenseur s'arrêtait au troisième.

Quand Jean-Christian, au bout d'une autre heure, constata que Paul n'était pas rentré, ni Marc, il s'inquiéta.

«Paul n'a pas dû m'écouter et a sûrement pris l'ascenseur, se dit-il. Il doit y avoir un problème avec cet ascenseur. À moins que ce ne soit avec l'escalier. Il faut que j'en aie le cœur net.»

Jean-Christian sortit de chez lui les mains vides, sans jeu vidéo ni tambour. Il était complètement concentré sur sa recherche.

Il s'engagea d'abord dans l'escalier.

«Éliminons les hypothèses une par une», pensa-t-il.

Il monta l'escalier jusqu'au dernier étage. Au cinquième, il rencontra la concierge, qui nettoyait les marches avec son derrière en forme de plumeau.

– Mes amis ont disparu, lui dit-il. Vous ne les auriez pas vus ?

– Non, pas du tout, lui répondit la concierge. Mais ça serait bien qu'ils ne traînent pas trop dans l'escalier à faire leurs cochonneries. J'ai assez de travail comme ça !

Jean-Christian ne releva même pas. Il n'avait pas de temps à perdre avec une concierge désagréable.

Il descendit l'escalier, gagna le rez-de-chaussée et appela l'ascenseur.

La cabine était vide. Jean-Christian appuya sur le bouton du premier. Au premier, la porte s'ouvrit, et Jean-Christian, sans quitter la cabine, observa le palier. Il attendit que la porte se referme et appuya sur le bouton du deuxième.

Il avait l'intention de tester méthodique-
ment chaque étage.

La même chose se répéta au deuxième.
Personne.

Au troisième, la porte s'ouvrit égale-
ment. Le teckel était sur le palier.

– Bonjour, dit-il à Jean-Christian. Vous avez reçu ma carte postale d'Espagne ? Je m'appelle Baptiste.

– Ah, oui, bonjour, fit Jean-Christian. C'est très gentil de nous avoir envoyé cette carte postale. Mais nous ne nous connaissons pas.

– C'est pour mieux faire connaissance, lui répondit le teckel. D'ailleurs, j'ai pris plein de photos en Espagne.

J'adorerais vous les montrer. Entrez donc une minute chez moi.

– Volontiers, dit Jean-Christian.

Et il entra.

À l'intérieur, chez le teckel, ça ne ressemblait pas beaucoup à l'appartement d'un teckel. Jean-Christian s'en rendit tout de suite compte. Rien que les tableaux aux murs n'étaient pas du tout

dans le goût des teckels en général.
Il y avait beaucoup de scènes de chasse.
Or les teckels ne chassent pas.

   Pareil pour le canapé. On n'imaginait
pas du tout un teckel s'affaler dedans
pour zapper devant la télé. Pareil pour
les fauteuils. Tout ça était trop haut.

   Et puis ce n'était pas très bien rangé.
Il y avait même un vieil os de poulet qui

traînait par terre. Sans parler d'une guitare aux cordes cassées dans un coin. Ni
même d'un tambour.

Jean-Christian reconnut le tambour.

Puis il reconnut la console de jeux
vidéo, qui dépassait de sous le canapé.

– Alors, ces photos ? dit-il au teckel.

– Je vais vous les chercher, dit le teckel.
Et il disparut dans la pièce d'à côté.

Quand il reparut, il n'avait aucune
photo dans les mains.

Aucun album.

Aucun appareil de projection.

Aucun téléphone.

Et il ne ressemblait plus du tout à un
teckel. Il avait soudain grandi, et sa gueule
s'était déformée jusqu'à découvrir deux
rangées de dents acérées et saignantes.

Le teckel était un loup.

De son côté, Jean-Christian n'avait pas rien dans les mains. Il avait empoigné la guitare aux cordes cassées. D'un geste sûr, il l'abattit de toutes ses forces sur le crâne du loup.

Le crâne du loup était désormais enfermé dans la caisse de la guitare. Mais sa gueule dépassait. Jean-Christian hésita, puis il se saisit du tambour de Marc et l'écrasa sur la gueule du loup, qui se trouva emprisonnée dans le tambour.

– Je t'aurais bien posé quelques questions, loup, déclara Jean-Christian, mais je ne pense pas que tu sois en mesure de répondre. Allons-y tout de même. Où sont passés mes amis ?

Le loup tournait en rond en grognant dans son petit appartement de teckel.

– Onf, onf, répondit-il.

– Au fond? interrogea Jean-Christian. Au fond de quoi?

À ce moment, Jean-Christian entendit un bruit continu, quelque chose comme toc toc toc, toc toc toc toc toc.

«On dirait quelqu'un qui joue du tambour, songea-t-il, mais sans tambour.»

Le bruit venait de la pièce d'à côté.
Jean-Christian poussa la porte.

Paul et Marc étaient là, attachés à un
radiateur. Mais Paul, justement, avait
réussi à libérer une de ses mains, et, avec
ses doigts, il tambourinait sur le radiateur.

– Mes amis ! s'exclama Jean-Christian.

Il les libéra. Quand Marc découvrit son
tambour crevé emprisonnant la gueule

du loup, il eut évidemment un peu de peine. Mais il ne se permit pas d'en faire le reproche à Jean-Christian. Pour ce qui est du loup, Jean-Christian l'attacha au radiateur, après quoi il appela la police. Ensuite, les trois petits cochons rentrèrent chez eux et, à partir de ce jour, Marc ne monta plus dans l'ascenseur. Et, quand ils recevaient une carte postale et qu'ils ne savaient pas qui la leur envoyait, ils la jetaient à la poubelle.

→ **je lis tout seul**

Pour les jeunes apprentis lecteurs
Niveau 2

Les Pyjamasques et
Magistère la sorcière

Lili Graffiti se déguise

Le fantôme des oubliettes

Le secret de Liv

Cache-cache au château

Le chapeau trop chaud
du chevalier sans poches

Hors-série
Olive le chat fait son numéro

Retrouve l'intégralité de la collection
folio cadet ▪ premières lectures
sur www.gallimard-jeunesse.fr